序

"色彩篇"是中国美术学院基础教学部教学系列丛书之一，内容主要是色彩课学生的优秀作业和任课老师的点评，这些反映了教师在近几年对色彩教学的一些思考。

我们试图摆脱这样的局面，即印象派色彩理论作为在色彩教学中的一统天下，放手尝试一些别的方法，接触一些别的理论，并将其运用到教学中去，这对扩展学生视野和健全学生的色彩能力，都是有益的。印象派色彩理论对美院色彩教学"独统"不知始于何时，但在今天的广泛的影响却处处可见，这点只要从当今的美院高考冲刺丛书和考生的色彩考卷中便可领略一二了：眼花缭乱的"环境色"，"五彩缤纷"的"塑造"，铺天盖地的"印象派"——可"印象"就是一个：同一种"眼光"，同一个"尺度"，同一种"判断"，同一种"色彩"。别的色彩感知的源泉，别的色彩表达的方法，都不知哪里去了，年轻的、新鲜的、好奇的眼光也不知躲到哪里去了。

作为流派，印象派无可非议，它强调写生，强调环境色，也自有道理，但将其作为美院色彩教学中的唯一方法，视为不容置疑的"金科玉律"，就有问题了。现实常常表明，不容置疑的事，是应该被质疑的。

古埃及壁画的色彩，印第安土著艺术的色彩是从"写生"来的吗？玛雅壁画色彩的浓郁，拜占廷艺术色彩的灿烂、波斯壁画、壁毯色彩的梦幻是"客观"的吗？敦煌的、永乐宫壁画的画工们知道"色轮"吗？大洋洲、太平洋岛屿上的土著及部落人的色彩里有"环境色、补色"吗？民间绘画的色彩是从"光谱系列"中来的吗？现代绘画、古代绘画和民间绘画在色彩原理上有无共同点？在哪里？意义何在？一句话，究竟什么是"客观色彩"，什么是"主观色彩"？

其实，这都是老问题，只是它们来临的时候似乎只是"一掠而过"，没有得到足够的回应罢了。这是应该思考和解决的。这个"色彩篇"是在这方面的一个小小的尝试。

曹立伟

目录

创意色彩

谭小妮

课程目的 ：

　　本课程强调色彩语言在非写生性绘画中的主观表现。首先使学生从色彩中获得形式语言的修养，探索形式语言的架构形成，其次学生在打破传统色彩教学中就色彩而色彩，基础知识脱离现实创作的事实中，直接从创意色彩训练中拓展色彩语言的表现形式。本课程较以往基础色彩课更直接地将学生色彩修养与今后的专业创作有机地结合。

　　本课侧重体现色彩语言表现力的多样性、材质运用的灵活性来体现画面不同的视觉效应。课程设置为三周，从小稿的构思到作品的完成，其中作品色彩的设置是关键，它直接反映了学生对色彩规律的认识与灵活运用。创意色彩创作是色彩的组织、色彩构成的平面性、色彩情绪的运用、材质体验的综合体现，学生不论是表现客观形态还是主观世界都将与色彩更加主动地把握与表现。

课程安排：

周数	课时	上课内容	作业数量尺寸	材质
一	20	色彩小稿的形成	6 张 8 开	不限
二	20	简单创意色彩创作	3 张 4 开以上	不限
三	20	复杂创意色彩创作	3 张 4 开以上	不限

课程要求：

第一周：色彩小稿的形成

本周是进行色彩小稿训练的一周，学生对大师的艺术作品及色彩的表现缺乏了解，因此首先向学生系统阐述不同艺术家作品中色彩语言的表现及材质应用。在此基础上将此前所学的色彩基本知识（色彩的组织、色彩构成的平面性、色彩情绪的运用）在艺术家的作品中的运用作具体分析。

学生通过勾勒小色稿，来确定色彩创作的方向。构思小稿：设置画面鲜明的色彩语言及恰当的材质。题材来源：自己的构思、日常生活景物、摄影图片、画报、影像作品等等。

构思简单的色彩小稿要求画面组织相对单纯，主题来自日常生活的场景。作品要体现简洁明了的色彩风格。构思复杂的色彩小稿要求画面组织相对复杂，主题来自个人想像或强化生活中有意味、有情趣的事物。作品要体现有深度，有个人风格的色彩语言。

这样训练的好处有：

1. 善于对复杂、烦乱的事物进行梳理、筛选，组织出符合画面构思的色彩。

2. 增强对现成图片资料再处理和利用的能力。

3. 从美学、材质等角度去探索色彩艺术的整体表现形式。

第二周：简单的创意色彩创作

本周进入创意色彩创作，要求配合单纯的画面内容，体现强烈、简洁的个人色彩语言。在色彩构成的基础上，把纷繁复杂的色彩现象还原为最为单纯、主观的色彩要素，根据题材的需要重新构筑画面的色彩效果。针对学生设计的小稿，介绍相关艺术作品，增强学生色彩语言表现的能力。作品体现出色彩语言本身的单纯性。

1. 客观景物

强化生活中有意味、有情趣的事物，对客观景物的色彩语言重新构筑。

2. 抽象的色彩语言

强调色彩的归纳性、概括性并有很强烈的色彩构成意味。

3. 自由组合

色彩语言和各种艺术形式、各种媒介的搭配组合出丰富的视觉效果。

4. 人物

在抽象几何造型的基础上取得色彩表现效果，以平面手法对色彩进行概括，简约处理人物的造型.色彩组合上利用明度、纯度和色相来表现对象的大小和空间关系。

5. 图片拼贴，肌理

利用图片的重叠增强色彩在空间上的变幻性。

利用自然界存在的形式与结构秩序形成肌理纹饰。

第三周：复杂的创意色彩创作

本周的教学目标是：个人色彩语言的运用成为作者的自觉意识，作品中对色彩情感化、精神化、物质化的表达具备了一定的风格。

引导学生从大师作品中去体会色彩组织、色彩构成的平面性、色彩情绪的体现，对复杂画面色彩语言的组织和运用，有意识地增强色彩的某一功能（色彩的情绪化、精神性、趣味性、装饰性等）。

作品评析：

简单创意色彩

　　这一阶段的练习强调色彩的归纳性、概括性和色彩构成意识。可以用不同的色块来构筑画面的色调倾向，对物象的造型进行简化以配合单纯的色彩，体现简洁明了的画面效果。很明显有的作品还是被物体表象束缚了。所以还需要解决的是突破一个习惯，而且是永远都要去解决的。通过在色彩创作课期间的学习探究，我们会发现独特的构思，换句话说也就是创意才是画面传达给人最有价值、也是最能体现作者精神内涵和思想境界的东西。

曹国锋

尹作飞

何英婷

郑冲

周仲昊

李宝平

用色浓重、强烈、鲜明，具有中国传统用色特点，其中动植物造型使画面散发热烈的乡村气息。

林涛

　　在色彩构成的基础上，把纷繁复杂的色彩现象还原为最为单纯、主观的色彩要素，根据题材的需要重新构筑画面的色彩效果。

姚妤
灵感来源于时尚杂志，人物造型与色彩的搭配具有时代感。

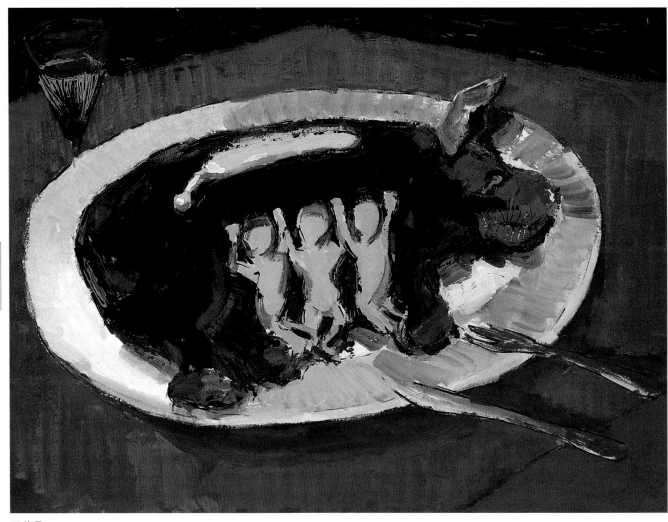

周仲昊

复杂创意色彩

　　用超现实的手法来表现画面构思，色彩比较特别，表现了一种具有真实感的荒谬。此外，观者也能够感到画中的叙事 ——一种难以名状的关于某个故事情节的叙事。作品表达了个人创作的审美意义。绘画或创作活动被看作是不可思议的体验，在这种体验过程中，学生内心的幻想和对外部世界的体验结合起来。

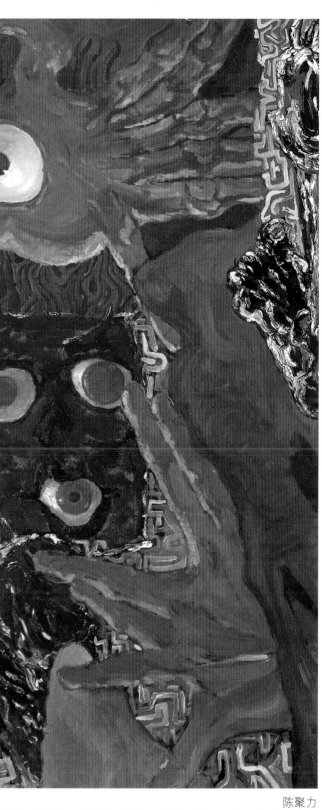

陈聚力

形体的荒诞，构图的离奇，作者充分发挥了色彩的想像力，在统一的色调下营造出诡秘怪诞的色彩效果，使画面别具一格。

降低色彩的纯度，增加色彩明度的变化，使观者仿佛置身在黑暗中，又慢慢地看清楚了周围的世界 —— 一个色彩微妙的世界。

修昕昕

　　学生在创作中突破传统，将自己所思所想全部寄托于笔上，借以色彩诠释出来，毫不犹豫、一气呵成。画面构思巧妙，用色单纯明快，对色彩的色调、面积、形状重新加以调整和分配，并将绘画语言符号化。

韩威

　　这套创作以京剧题材为主题，由于对画纸进行了拼贴，并有水墨渲染和油画笔触的交融，又根据不同主题、不同人物对色调加以区分，以表达不同的感受。在色彩创作过程中学生逐渐摆脱了在静物写生中偏重对客观事物的描摹以及僵化、概念的色彩习惯。

写生色彩

课程目的：

    课程的重点是色彩调性的教学，其目的在于加强学生对自然物象色彩的观察与体验，在个人的直观感受中培养他们对于不同色调的静物及环境色、光源色的视觉感知和视觉敏感度，并通过直接描绘的手法来对各种色调进行把握，从而提高每一个同学色彩的审美修养，为以后的创作提供敏锐扎实的色彩感知和色彩判断的基础。

教学框架：

学理研究	教学环节	课时	教学内容	教学要求
色彩调性研究	理论教授 图片观摩	4	讲授色彩知识	对色彩原理的认识
	实践	36	冷灰色系静物写生 暖灰色系静物写生 环境色光源色研究	加强不同色调静物的光源色与环境色的感受。完成八开作业十幅。
	理论教授 图片观摩	4	近代色彩大师个案分析	同类色中的区别和对比
	实践	16	同类色系静物写生	和谐之中的对比，把握各种色彩之间的微妙区别。完成八开作业六幅。
	作业安排	2	安排作业及讲授开展方式	对比与和谐关系理解
	实践	18	纯色对比色系静物写生	对比之中的和谐，把强烈对比的各种色彩组织成一种统一和谐的色调，完成八开作业六幅。

作品评析:

　　冷灰色系与暖灰色系静物中的各种颜色，无论是在明度上还是在色相上都比较接近，而且纯度较低，加上环境色与光源色的相互作用而使色调变化更加微妙，同时也让画者难以把握。在写生这类静物时，诸如灰、脏等各种色彩问题都很容易发生。因此，要提高学生对色彩调性的感受把握能力，灰色系列静物写生成了一个必不可少的环节。

　　这里的几幅作品的优点在于对物体造型都作了不同程度的概括，这样以便于把注意力集中在色彩训练上面。画面中的每一块颜色明确而和谐，色调沉着高雅，虽然都是灰色颜色，但却饱满厚重。

王术刚

张丹青

王术刚

张晶园

色彩形式
语言

张小山

张良

蒋文龙

罗程磊

色彩形式
语言 罗程磊

张晶园

张晶园

同类色系静物的特点在于由不同纯度、不同明度但是同一色相的各种颜色组成，色调统一和谐，相对明确。这类静物写生的难点在于色调由于过分和谐而缺乏对比，且各种同一色相的颜色又很难加以区分，导致画面中缺少应有的张力而显得单调乏力。所以对比与和谐的统一是这种练习的要点。

　　下面几幅作品避免了以上的问题，把握了每一块黄色的不同区别，并且有意识地在各种黄颜色中加入了紫色对比色，让原本单一的画面显出了对比的饱和。

吴忆

田甜

姜海明

应佳佳

王哲雨

赵舒妮

吴班

张良

纯色对比色系静物的色相明确，色彩容易辨别。但由于对比的加大，色调却不易把握，容易产生只有色彩没有色调的毛病。所以其难度在于把强烈对比的各种色彩组织成一种统一和谐的色调，这就需要学生特别对每一块颜色有适当分寸的控制并以组成画面。

下面这几幅作品的优点在于在强烈对比的色彩中，都根据自己不同的感受而形成了自己的色调，虽然纯度、对比度都很高，但很好地解决了缺乏调性的问题，因此色彩饱满浓郁，亮丽而不艳俗。

张丹青

朱柱

刘双艳

孙敏祺

徐凯

罗程磊

鲍瑶

色彩形式

王建伟

课程教学概述：

简单地对事物进行价值定位是卤莽的，因为任何方式有其可为，也有其不可为。通常，我们为了使一道菜味道更加鲜美，烹饪时不仅要油盐酱醋各施，也要煎炒蒸煮并举。色彩形式课程所要提供的，就是一种造型的方式，它不能涵盖全部，取代一切，但它必然是有效的方式之一。

课程的设置以色彩的光学效应、存在条件和心理效应为前提，遵从色彩由生理事实到心理感受的逻辑，给学生提供一个相对完整的色彩视觉系统，把握色彩生成、色彩结构与色彩表现的基本规律。

色彩的对比和协调是色彩形式的首要内容，它不仅能够让学生体验不同色彩对比所具有的视觉意义，也是色彩构图的主要手段。前者是以解析的方式探讨色彩对比美学空间，后者则主要借助结构的建立，尝试色彩组合的可能性。

用色彩结构的观念介入自然，是对"色彩对比与协调"的延伸与强化，它使原理与规律得到具体运用。这个过程包括对自然色彩的提炼与分析、色彩的变调等等。动态性的练习使学生能够从多种角度对待自然，并在实践中呈现主观色调的倾向，从而使他们有可能进行探究符合自己内心世界的色彩表现实验。

自然与画面是一对永恒的关系，色彩的视觉与心理都籍由画面得到充分的体现。因此，尽管整个教学过程是从视觉规律研究到色彩精神表现的探索过程，但课程的重点则是在于如何建立令视觉信服的画面，因为只有画面才能反映色彩这一造型要素的全部涵义。

课程分单元评述：

第一单元：色彩对比

教学目的：本单元的主要目的在于增强学生色彩对比的视觉经验，获取色彩组合的直观体验。在教学中，通过色彩的各种对比种类的实践，拓宽色彩对比的可能性，掌握不同的色彩组合所产生的结构，最终将色彩的经验提升为一种理性的把握，为更好地进行色彩实践作基础。

评析：其中所选取的作品，体现了在特定的图形结构之中、被限制的块面数量中，充分运用色彩对比的原理，运用自己眼睛对色彩的感受进行冷暖、明度、面积等各种可能的色彩对比练习。画面的单纯性说明：在开始的练习中，简化手段，反而能够将多余的因素剔除，从而最大限度地对"色彩"这一要素进行实验。

第二单元：色彩变调

教学目的：本单元是从对象色彩向画面色彩过渡的桥梁。课程让学生在观察对象的基础上，运用相关色彩原理和经验对色彩进行主观变调，理解色彩对比和协调的辩证关系。通过实践使学生把握图形和色彩的平衡，把握色彩空间的表达，获取创造色彩构图的经验。

评析：下述作品充分体现了学生在对象色彩感受和主观色彩倾向之间的平衡。画面所选取的均为生活中的小场景。作者通过将这些素材进行平面化处理，最大程度呈现由色彩构成的画面的视觉张力。因此，在这样的练习中，素材本身不是目的，借助素材所实现的色彩结构才是核心所在。

第三单元：色彩表现

教学目的：本单元借助色彩的主题性表现，探讨特定的色彩结构所产生的色彩意象，把握色彩象征与题材表现、色彩视觉与色彩心理的深层关系。同时，通过实践挖掘学生的色彩想像力，培养感受色彩的敏锐性，引导他们在作业中体现个人运用色彩的倾向性，敢于尝试不同的色彩表现手法。

评析：色彩表现不仅要有个性化的色彩组合，也需要有独特的手法作为辅助，才能使画面更加完善。在这些作品中，我们可以看到很多新的尝试，正是这些探索精神，使得画面都具有鲜明的个性。当然，作品中不乏大师的痕迹，但作为学习的一个阶段，这样的吸收和借鉴是必要的。

张丹青

李勇

鲍瑶

解韵

色彩形式
语言

解韵

色彩形式
语言

张瑛

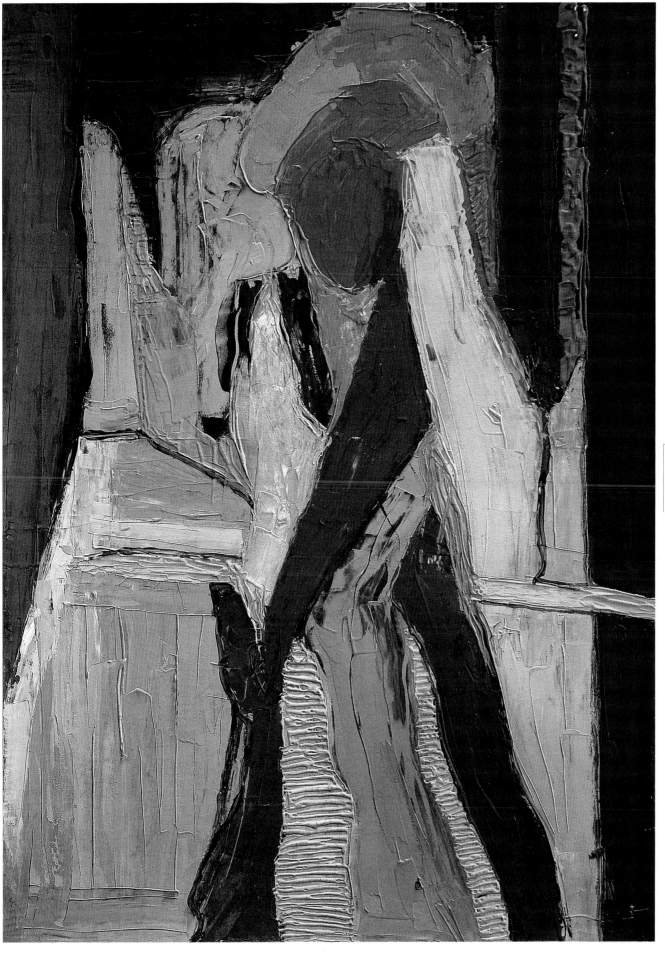

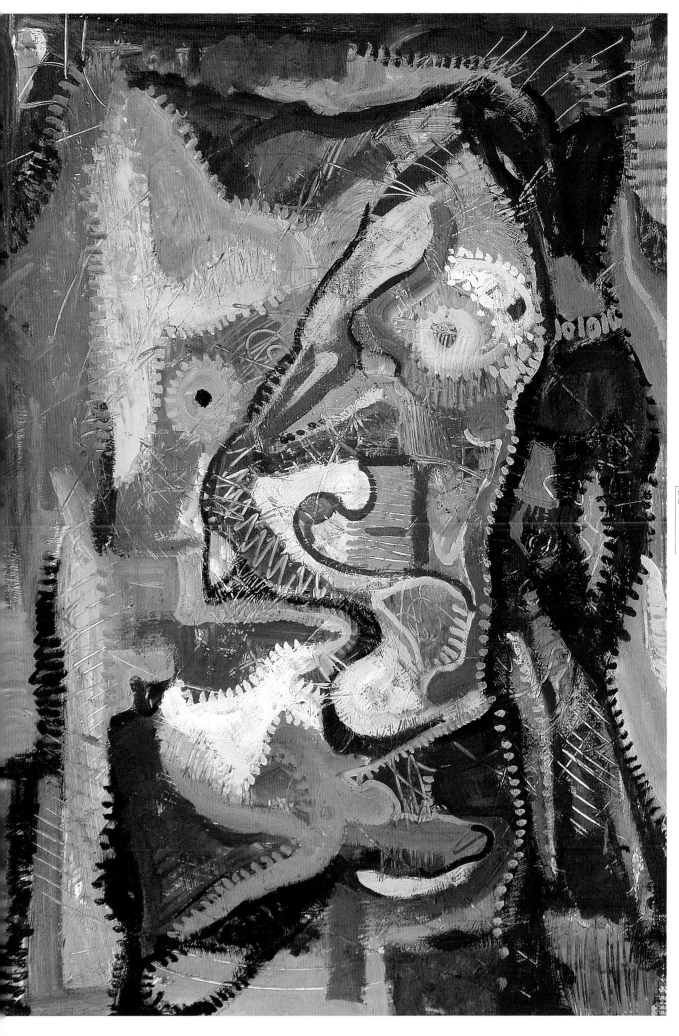

色彩形式
语言

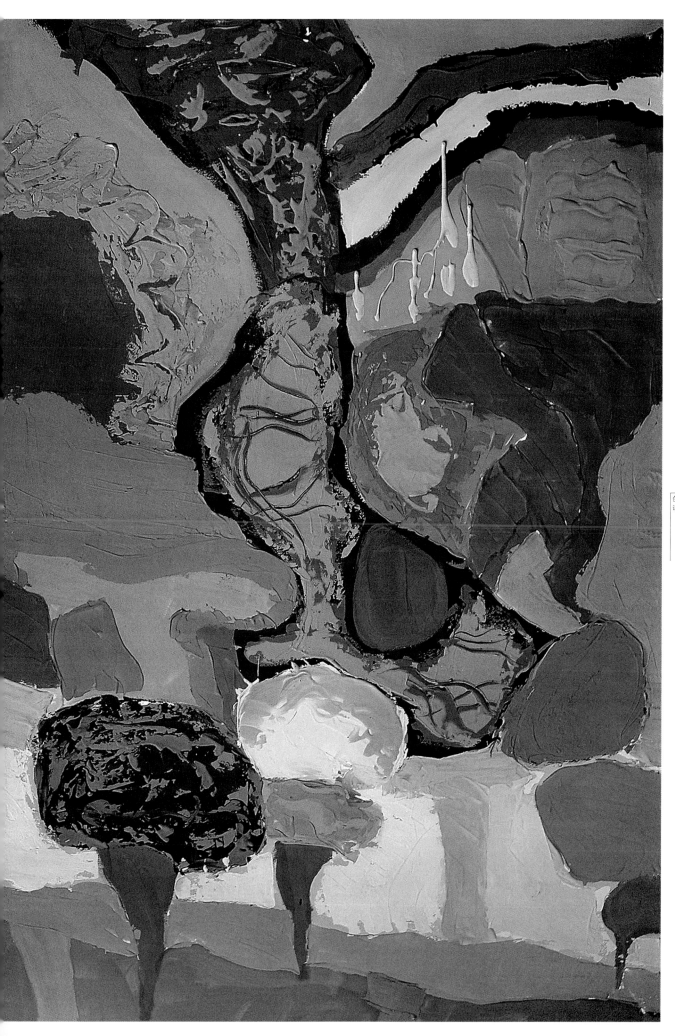

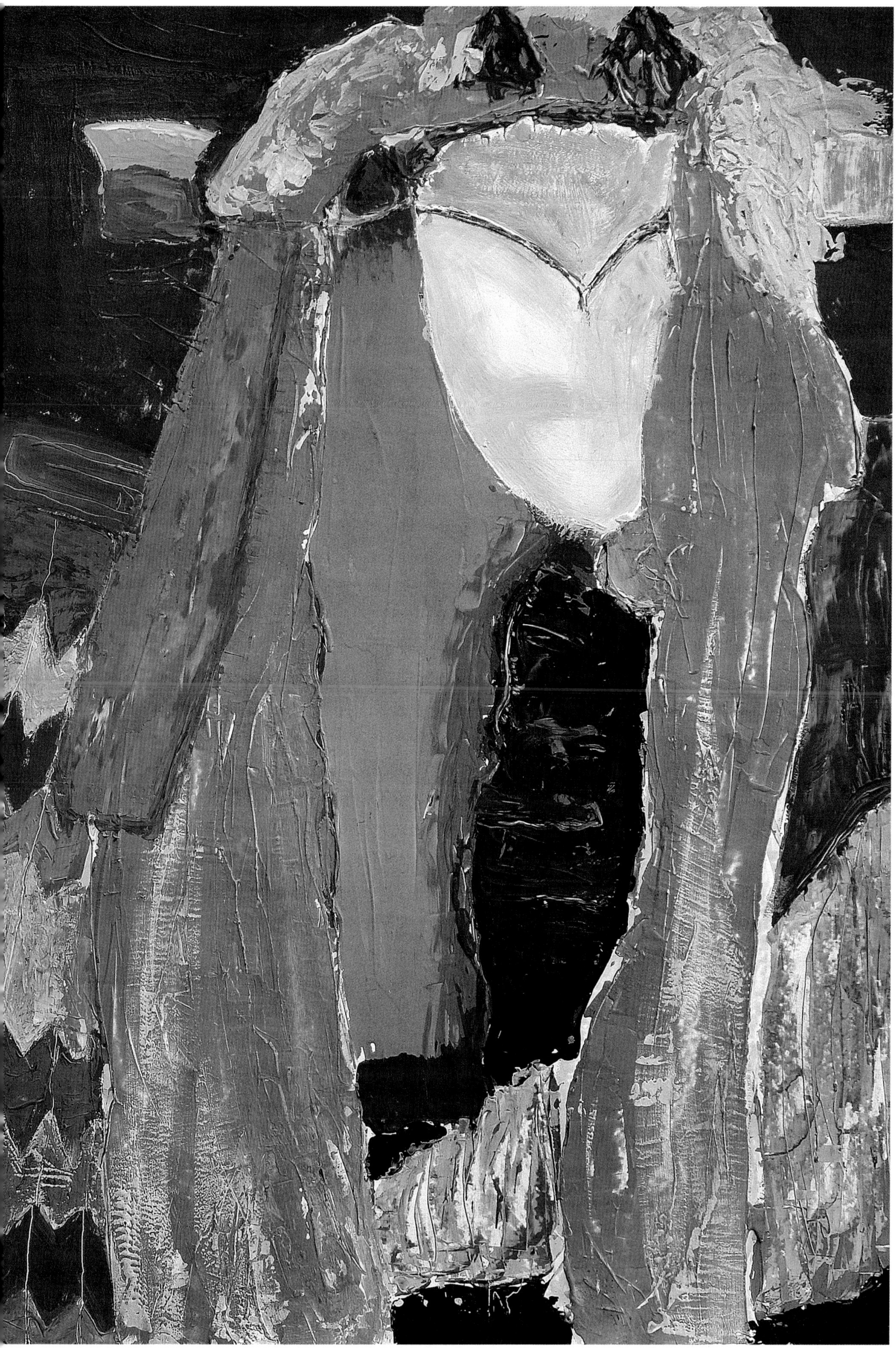

色彩形式
语言

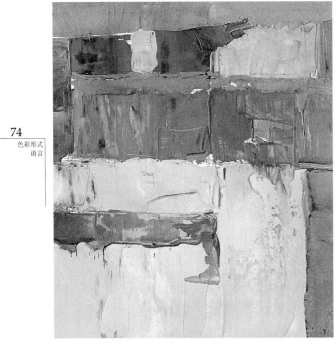

色彩形式
语言

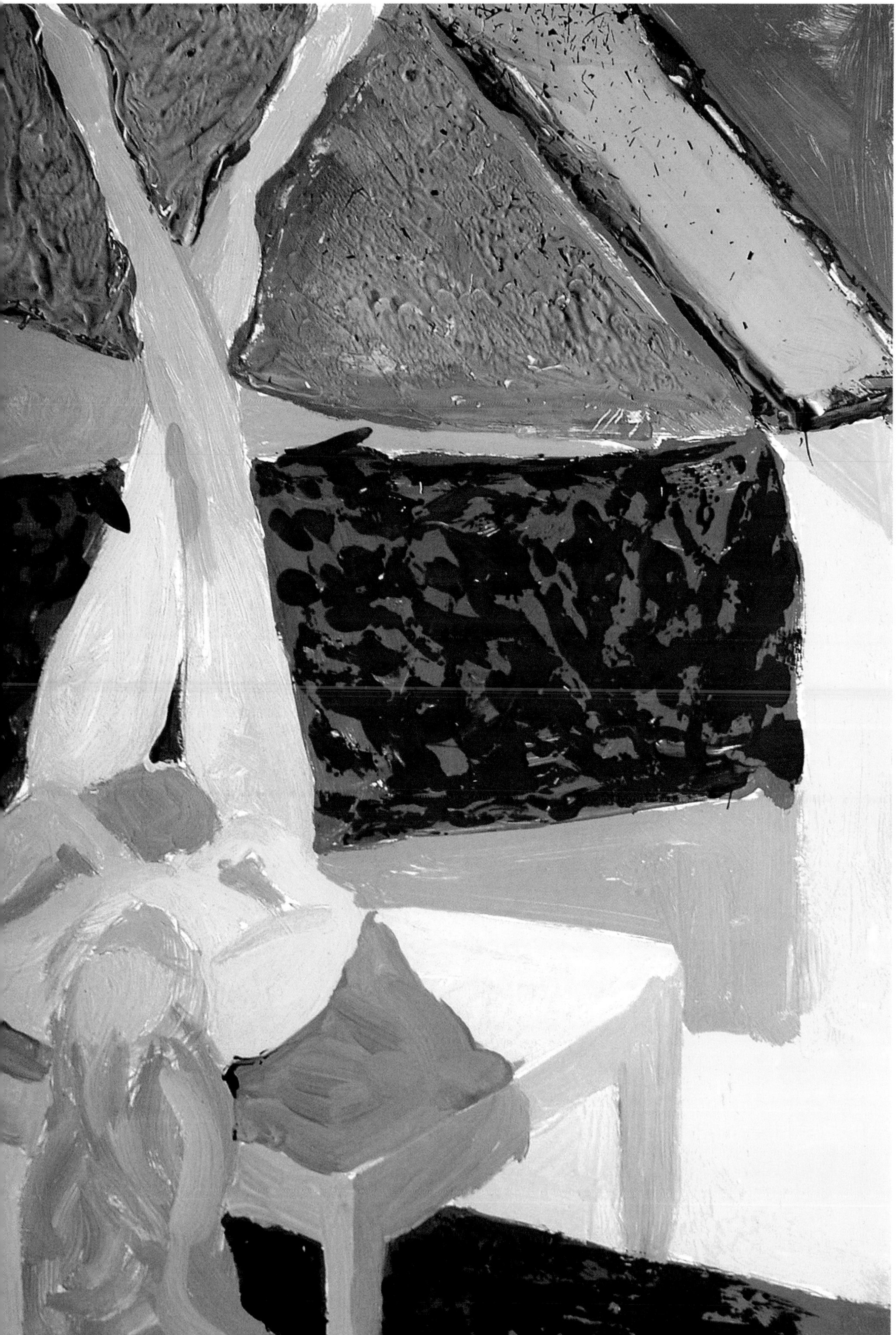

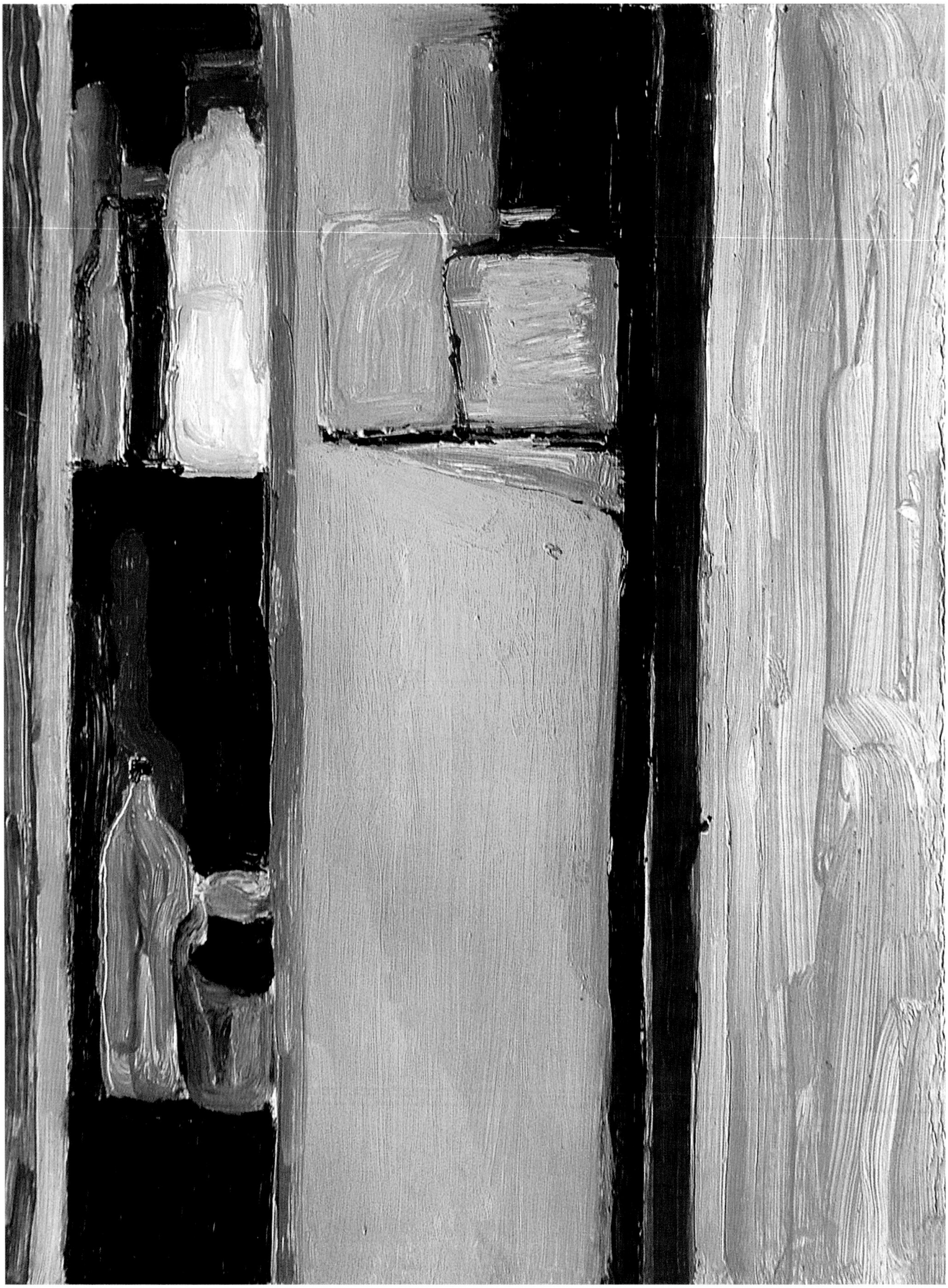

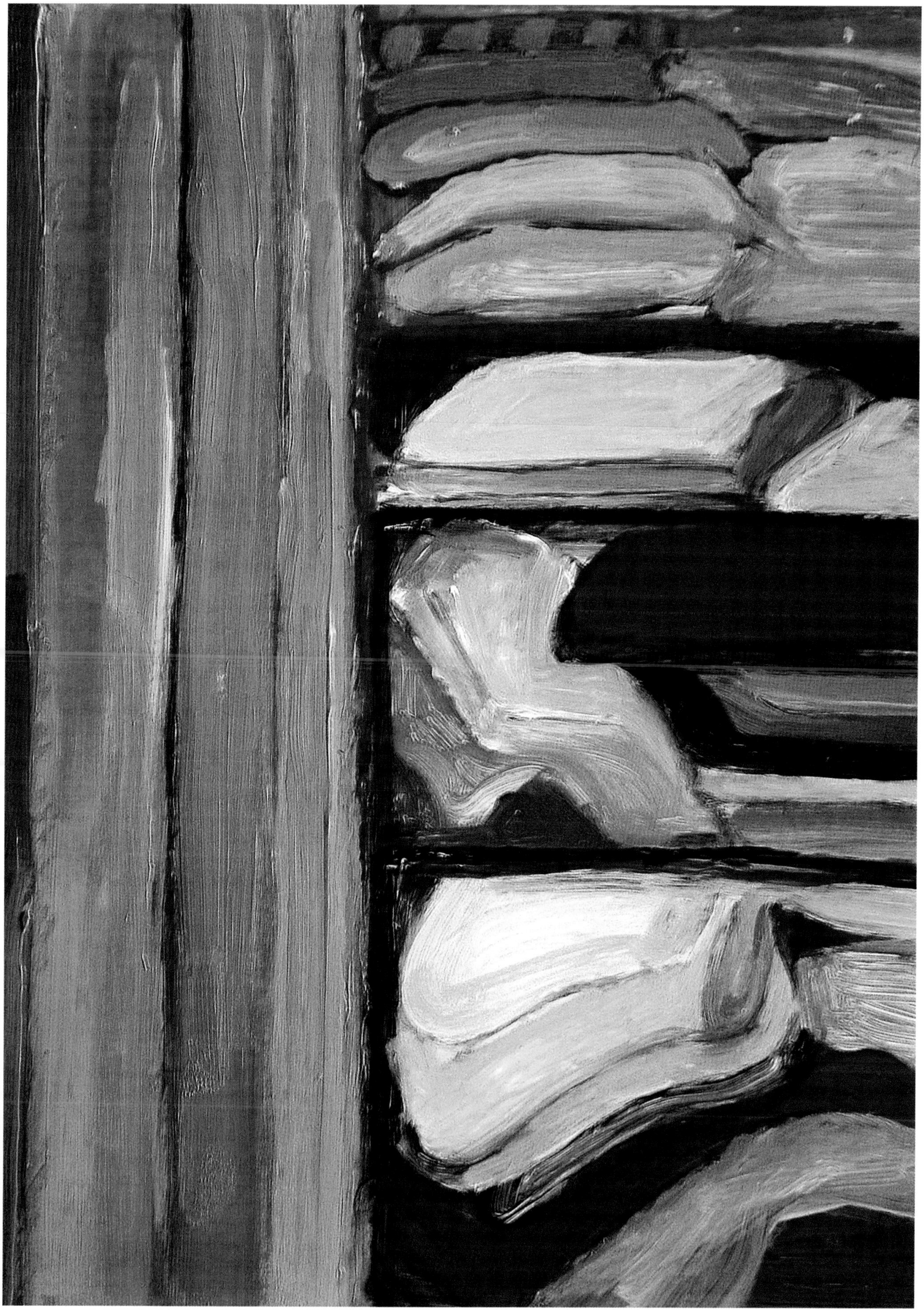

色彩形式
语言

色彩形式
语言

色彩形式
语言

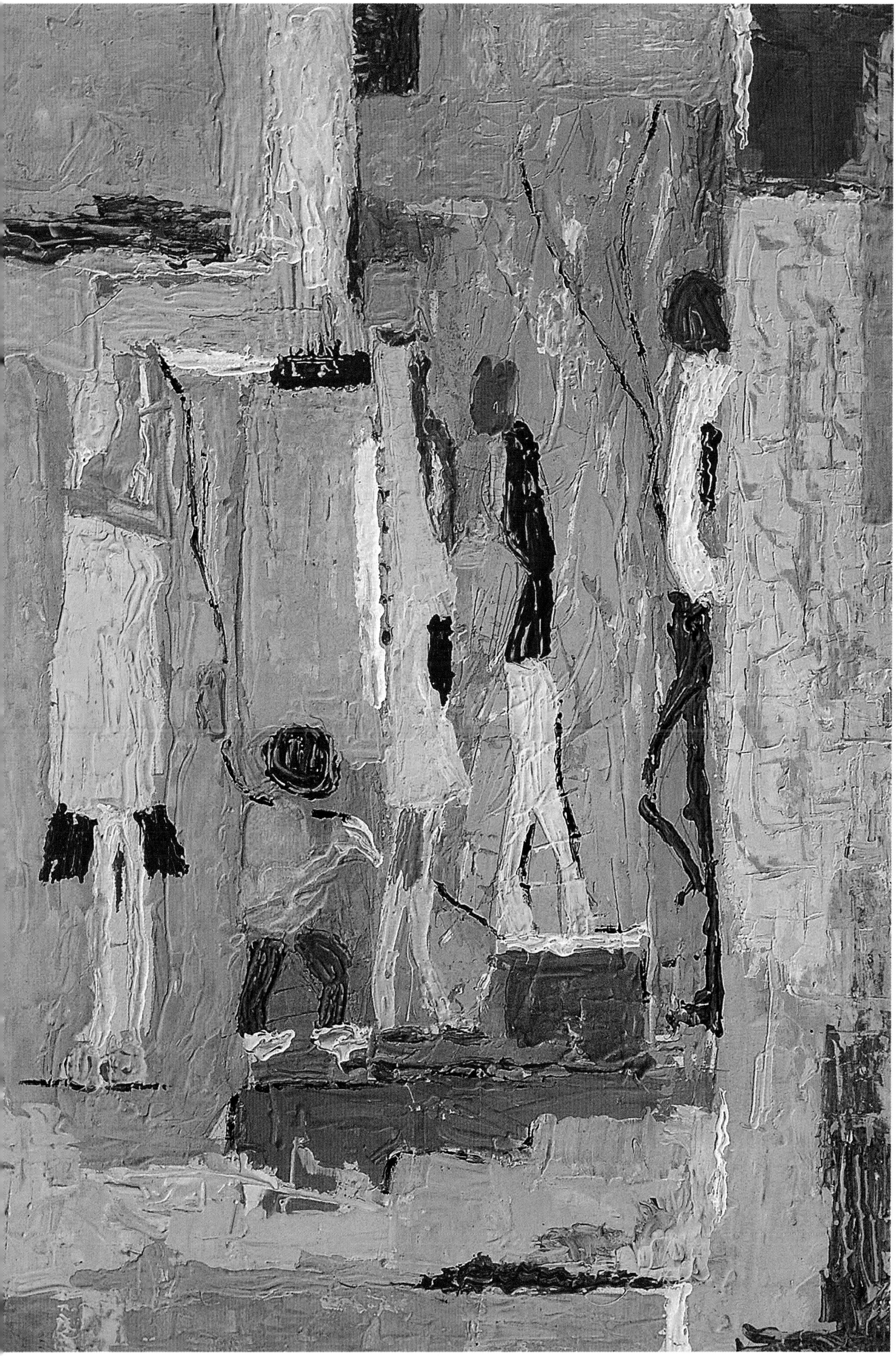

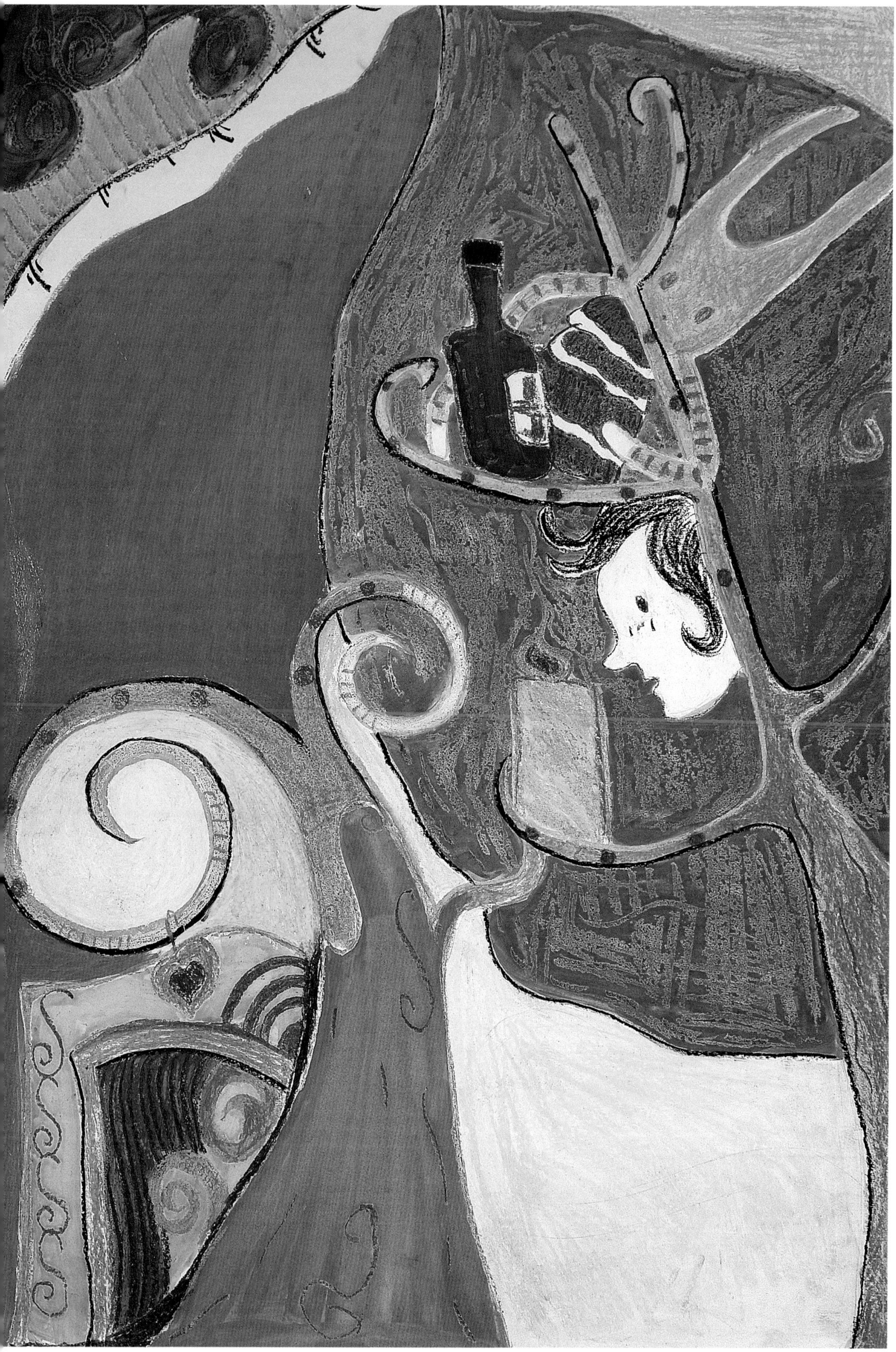

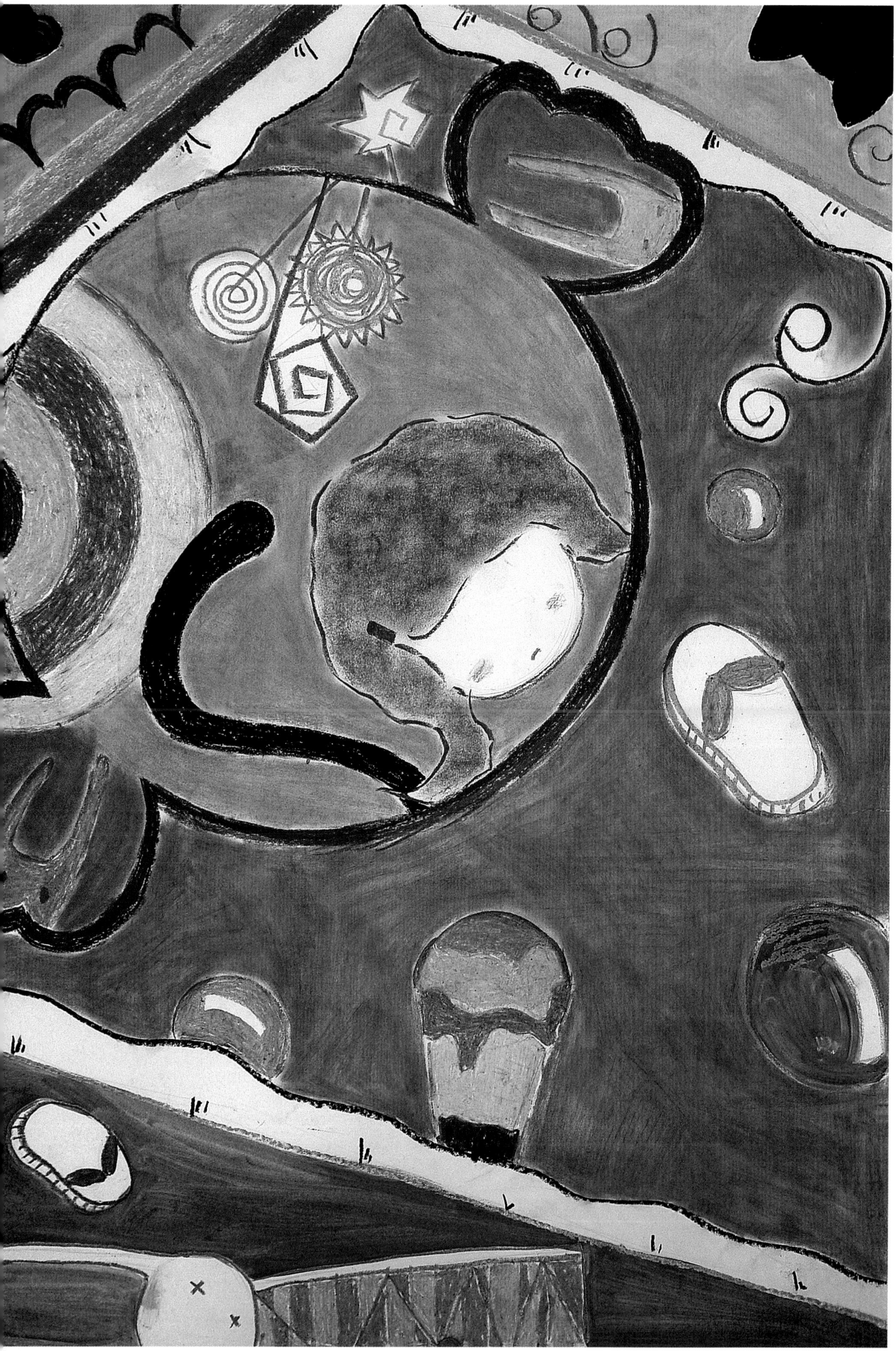

编委会名单：

曹立伟 薛 峰 杨 弢 张 铨 吴 方

施乐群 王晓明 谭小妮 陈超历 王建伟

马旭东 张剑锋 蒋 梁 刘 妍 古 榕

于 朕 谷 丛

责任编辑 / 戴建国　吴开

封面设计 / 吴开

责任印制 / 李国新

图书在版编目（CIP）数据

色彩形式语言／曹立伟　薛峰编.

—武汉：湖北美术出版社，2008.9

（中国著名高等院校特色课程系列 . 中国美术学院精品课程）

ISBN 978-7-5394-2407-1

Ⅰ . 色 . . .

Ⅱ . ①曹 . . . ②薛 . . .

Ⅲ . 色彩学－高等学校－教材

Ⅳ .J063

中国版本图书馆 CIP 数据核字 (2008) 第 136448 号

色彩形式语言　　　　　　　　　　©曹立伟　薛峰　编

出版发行：湖北美术出版社

地　　址：武汉市洪山区雄楚大街 268 号

电　　话：(027) 87679522(发行) 87679553(编辑)

传　　真：(027) 87679523

邮政编码：430070

H T T P : www.hbapress.com.cn

制　　版：武汉浩艺设计制作工作室

印　　刷：武汉精一印刷有限公司

开　　本：889mm×1194mm　　1/16

印　　张：7

印　　数：3000 册

版　　次：2008 年 9 月第 1 版

　　　　　2008 年 9 月第 1 次印刷

定　　价：45.00 元